Benjamin le musicien

D'après un épisode de la série télévisée *Benjamin* produite par Nelvana Limited, Neurones France s.a.r.l. et Neurones Luxembourg S.A. Basé sur les livres Benjamin de Paulette Bourgeois et Brenda Clark.

Texte de Sharon Jennings.
Illustrations de Sean Jeffrey, Alice Sinkner et Shelley Southern.
Texte français de Christiane Duchesne.

Basé sur l'épisode télévisé *Franklin Takes a Music Lesson* écrit par Mark Mayerson.

Catalogage avant publication
de la Bibliothèque nationale du Canada

Jennings, Sharon

[Franklin's music lessons. Français]
  Benjamin le musicien

(Je lis avec toi)
Traduction de: Franklin's music lessons.
Le personnage de Benjamin a été créé par Paulette Bourgeois et Brenda Clark.
Pour les jeunes de 4 à 7 ans.
ISBN 0-7791-1615-1

I. Jeffrey, Sean II. Sinker, Alice III. Southern, Shelley
IV. Duchesne, Christiane, 1949- V. Bourgeois, Paulette VI. Clark, Brenda
VII. Titre. VIII. Titre: Franklin's music lessons. Français. IX. Collection.

PS8569.E563F719514 2002   jC813'.54   C2002-901584-7
PZ23.J46Ben 2002

Édition publiée par Les éditions Scholastic, 175 Hillmount Road, Markham (Ontario) L6C 1Z7, avec la permission de Kids Can Press Ltd.

5 4 3 2 1   Imprimé à Hong-Kong, Chine   02 03 04 05 06

Benjamin le musicien

Les éditions Scholastic

Benjamin sait nouer ses lacets.

Benjamin sait compter par deux.

Mais Benjamin ne sait pas jouer du piano.

Il voudrait bien en jouer,

mais il ne veut pas pratiquer.

Voilà le problème!

— Pas de mathématiques, annonce monsieur Hibou le lundi matin.

— Youpi! s'écrient les élèves.

— Aujourd'hui, madame Panda vient donner une leçon de musique.

Madame Panda s'assoit au piano.

Elle joue *Au clair de la lune.*

Tout le monde applaudit.

— Maintenant, dit-elle, vous allez compter « un, deux, trois, quatre » et recommencer, tout le temps que je joue.

— On fait des mathématiques? demande Benjamin.

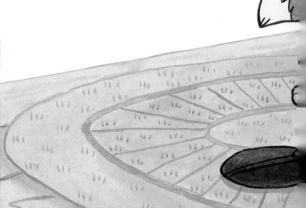

— Non, dit madame Panda. Cela sert

à marquer le rythme.

Madame Panda commence à jouer.

Les élèves commencent à compter.

Madame Panda ouvre
une grande boîte.
Elle donne
un instrument
à chaque élève.

Elle distribue
des instruments
qui font « tût » et
des instruments
qui font « bing ».

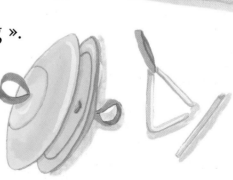

Elle distribue

des instruments

sur lesquels on frappe

et d'autres

qu'on secoue.

Elle donne une cloche

à Benjamin.

— Maintenant, tout le monde peut marquer le rythme, dit madame Panda.

— Un, deux, trois, quatre! Qui veut essayer?

Benjamin lève la main.

Ding, ding, ding, ding! fait Benjamin.

Tout le monde applaudit.

Madame Panda joue *Au clair de la lune.*

Les élèves jouent de leur instrument.

Tût, tût,

tût, tût!

Bing, bing,

bing, bing!

*Boum, boum,
boum, boum!*

*Tchak, tchak,
tchak, tchak!*

*Ding, ding,
ding, ding!*

13

La leçon de musique est terminée.

— Vous avez bien travaillé, dit madame Panda. Je vais revenir la semaine prochaine.

— Youpi! s'écrient les élèves.

— Gardez vos instruments, dit madame Panda. Jouez-en chaque jour. C'est en pratiquant qu'on devient bon.

Mais Lili rend son instrument
à madame Panda.

— Je prends déjà des leçons de piano.
La semaine prochaine, je vais vous jouer
Au clair de la lune.

— Bravo, Lili! dit madame Panda.

— Hum..., fait Benjamin.

Benjamin rentre à la maison en courant.

— Je veux apprendre à jouer du piano,

dit-il à sa maman.

— Bonne idée, répond-elle. Grand-maman

peut te l'enseigner.

Benjamin sourit.

— Ce sera très amusant d'apprendre

le piano! dit-il.

Benjamin se rend chez sa grand-maman.

En chemin, il rencontre Lili.

— Je viens de terminer ma leçon de

piano, dit Lili.

— C'est ma grand-maman qui te montre

à jouer du piano? demande Benjamin.

— Oui, depuis très longtemps, répond Lili.

— Aujourd'hui, c'est ma première leçon,

dit Benjamin. Moi aussi, je vais jouer

Au clair de la lune.

— N'oublie pas, dit Lili. C'est en pratiquant qu'on devient bon.

Benjamin s'assoit au piano.

Sa grand-maman lui montre à jouer

la gamme.

— Est-ce que je peux jouer *Au clair de la*

lune? demande-t-il.

— Tu dois d'abord pratiquer ta gamme,

répond sa grand-maman.

Benjamin joue.

— Encore une fois, dit sa grand-maman.

Benjamin joue encore la gamme, puis
encore une fois.

— C'est très bien, dit sa grand-maman.

Je t'attends demain.

Benjamin revient le lendemain.

Il joue la même gamme, encore, et encore.

— C'est en pratiquant qu'on devient bon, dit sa grand-maman.

— Est-ce que je peux jouer *Au clair de la lune?* demande Benjamin.

— Pas encore, répond-elle.

Benjamin fronce les sourcils.

« Ce n'est pas amusant d'apprendre

le piano », se dit-il.

Mercredi, c'est la pratique de baseball de Benjamin.

Jeudi, c'est sa partie de baseball.

Vendredi, encore une pratique de baseball.

Samedi, une autre partie de baseball.

Dimanche, Benjamin va jouer au baseball avec ses amis, juste pour s'amuser.

Mais Benjamin ne pratique pas son piano mercredi, ni jeudi, ni vendredi, ni samedi, ni dimanche.

Le lundi matin, madame Panda demande à Lili de jouer *Au clair de la lune.*

— Peut-être que Benjamin veut jouer en premier? dit Lili.

— Non, dit Benjamin.

Je ne peux pas jouer

Au clair de la lune.

Je n'ai pas pratiqué.

— Moi, j'ai pratiqué tous

les jours de la semaine,

dit Lili en souriant.

Lili s'installe au piano.

Tous les élèves prennent leur instrument.

Tût, tût, tût, tût!

Bing, bing, bing, bing!

Boum, boum, boum, boum!

Tchak, tchak, tchak, tchak!

DING, DING, DING, DING!

À cause du baseball, Benjamin a le bras

si fort...

… qu'on n'entend que lui.

— Je n'ai jamais entendu un aussi bon sonneur de cloche, dit madame Panda.

— Merci, dit Benjamin. C'est en pratiquant le baseball qu'on devient bon!